SOLEIL
MANGA

Soleil

Écrivez-nous à :
Soleil Manga
25, rue Titon
75011 Paris - France
manga@soleilprod.com

Titre original : IYADA NANTE IWASENAI 1 by Kana NANAJIMA

Original Japanese edition published by SHOGAKUKAN.
French translation rights arranged with SHOGAKUKAN
through The Kashima Agency.

15, bd de Strasbourg
83000 Toulon - France
Conception et réalisation graphique : Studio Soleil
Traduction : Julie GERRIET
Lettrage : Studio Charon
Dépôt légal : Mai 2013
ISBN : 978-2-30202-543-1
Impression : Ercom - Italie

KOTOMI AOKI
LOVELY LOVE LIE
SONY
KEEP IT TO YOURSELF WITHOUT FAIL

Romantic
Obsession

Chassé-croisé amoureux !

Le jour de la rentrée est arrivé, Hotaru partage désormais le même lycée qu'Haruna sensei, l'homme de ses rêves. À partir d'aujourd'hui, la vie ensemble peut enfin commencer. Totalement transportée par cette idée, elle ne tarde pourtant pas à déchanter en tombant sur le désagréable Kôsuke. Manque de chance, celui-ci n'est autre que le petit frère de Haruna sensei ! Elle qui déteste les gens qui n'en font qu'à leur tête, décide de tout faire pour l'éviter. Cependant, contre toute attente il vient la secourir alors qu'elle était en mauvaise posture. Devant sa gentillesse, Hotaru ne peut s'empêcher d'être troublée…

série en 4 tomes

SOLEIL MANGA

" IL Y A BIEN QUELQU'UN POUR TE DIRE QU'IL T'AIME ET TE COMPREND ! "
" NON, PERSONNE."
" SI, MOI."
AN SE RETROUVE EN PLEIN DILEMME ♥ !?!
はわ
WHAA
はわ
WHAA
TOME 2 !
Ne me Repousse pas ! 2
En vente le 11 septembre 2013 !

Dans le volume 2...
MAIS...
ÇA T'AMUSE DE T'EN PRENDRE AUX PLUS JEUNES !?!
GHH...
BLESSÉE, AN S'EFFONDRE EN PLEURANT... PUIS SE RETROUVE DANS LE MÊME LIT QUE KAZUYA !?!
AN !!!
VLAAAM
TU N'AS RIEN !?!
QU'A DONC BIEN PU VOIR REI !?

Ne me repousse pas Vol.1 " Fin "

C'ÉTAIT LE CAS, MOI.
...
BAH... C'ÉTAIT ASSEZ ROMANTIQUE, ALORS CE N'EST PAS...
GRAVE...
CONSIDÈRE QUE C'EST NOTRE PREMIER BAISER, MAINTENANT QU'ON EST...
TRÈS AMOUREUX !
ENCORE...
HEU...
DE MON CÔTÉ, PAS ENCORE ASSEZ...
...
PUISQUE TU ES TROP TÊTUE POUR L'AVOUER...

JE T'AIME.
APRÈS CELA...
ON EST FINALEMENT SORTIS ENSEMBLE, MAIS...
TU SAIS, JE PENSAIS QUE LE PREMIER BAISER SE FERAIT PLUTÔT...
APRÈS DEUX MOIS DE RELATION...
EN FAIT, UNE FOIS QUE LES DEUX SONT SUPER AMOUREUX L'UN DE L'AUTRE !

GLOUP
PARDON, AN...
TU AVAIS UNE POUSSIÈRE !
!!
... !!
CLAP
J'AIME TROP QUAND TU TE TRITURES LA TÊTE À MON SUJET !

TROP MIGNONNE...
ELLE EST SI JOLIE...
QUAND JE LA PERTURBE...
ALORS...
ELLE NE M'IGNORE PAS PARCE QUE JE L'AI DÉÇUE... ?

TU NE M'AIMES PLUS ?
J'AURAIS PEUT-ÊTRE MIEUX FAIT D'ATTENDRE, EN FAIT...
SI JE L'AI REFROIDIE AU LIEU DE LA CHARMER...
C'EST CONTRE-PRODUCTIF !
JE VAIS T'AIDER.
JE PEUX M'EN OCCUPER TOUTE SEULE !
LAISSE...
JE DOIS MARQUER DES POINTS...
GLOUP

TANT PIS, JE NE LA LAISSERAI PAS M'ÉCHAPPER !

TREM-
BLAIT.
AN...
JE SAIS
BIEN...
QU'ELLE
M'AIME,
MAIS PAS
TOUT-À-FAIT
DE CETTE
FAÇON.

SI JAMAIS CE TYPE LUI DEMANDE DE SORTIR AVEC…
TOUTES MES CHANCES SERONT COMPROMISES !
VIENS !
HÉ !
SIX MOIS…
À CE RYTHME, ELLE M'AURA FILÉ ENTRE LES DOIGTS BIEN AVANT !
JE DOIS ME LANCER…

C'EST CA...
JE VEUX QUELQU'UN DE MON ÂGE, MOI !
C'EST MORT, POUR MOI...
POUR-VU...
QUE JE DEVIENNE RAPIDEMENT LYCÉEN...
PENDANT QU'ELLE A ENCORE PEUR DES AUTRES MECS !
C'EST DE LA DRAGUE !
QUE...
QUOI !?!
QUE... HO !!!
C'EST QUI, LUI !?!
DIS DONC, AN !!!
JE CROYAIS QU'ELLE ÉTAIT TROP TIMIDE, C'EST QUOI CE CHANGEMENT !?!

TIENS, C'EST POUR TOI.
REI, TU CROIS QUE TU NE PEUX PAS BOSSER CETTE ANNÉE NON PLUS ?
IMPOSSIBLE, J'AI DES EXAMENS EN FIN D'ANNÉE.
HA OUI, LOGIQUE ...
DOMMAGE, ON A UNE JEUNE RECRUE QUI A PEUR DES GARÇONS...
ET ELLE A DU MAL AVEC LES CLIENTS.
TING
ELLE S'APPELLE ANZU HASE-GAWA...
PAS FACILE, AVEC ELLE...
FRUIT
GLACE PILÉE
CABANON KURAGEYA
QUE... REI !?!
ÇA FAIT UN BAIL !
ON S'EST REVUS PLUS VITE QUE PRÉVU, MAIS...
TANT MIEUX, APRÈS TOUT.

JE M'APPELLE MORIYAMA REIICHI.
J'AI PRÉVU DE DÉCLARER MA FLAMME À AN...
DANS SIX MOIS, QUAND JE SERAI DEVENU LYCÉEN.

JE SUIS EN PRIMAIRE, EN 4e ANNÉE...
ET AN EN 6e ANNÉE.
ELLE EST TRÈS FORTE (UN PEU TROP)...
ET C'EST MON PREMIER AMOUR.
MOI EN 5e ANNÉE...
ET AN EN 1re ANNÉE AU COLLÈGE.
ON DIRAIT QU'ELLE EST DEVENUE UN PEU RINGARDE.
QUELQUES ANNÉES ENCORE APRÈS...
UNE FOIS EN 3e AN-NÉE...
ET ELLE AU LYCÉE EN 2e AN-NÉE...
ELLE ÉTAIT DEVENUE TELLEMENT BELLE...
Bonus
Side Reiichi

HISTOIRE EN 4 CASES : " PAS D'HÉROÏNE COMME ÇA ! "

La petite Feuille.

CHAPITRE 1
PAGE 27, 2E CASE

CHAPITRE 2
PAGE 48, 3E CASE

CHAPITRE 3
PAGE 107, 3E CASE

CHAPITRE 4
PAGE 127, 4E CASE

CHAPITRE 5
PAGE 150, 5E CASE

BONUS
PAGE 171, 4E CASE

☆☆ SUR CE, RENDEZ-VOUS AU PROCHAIN VOLUME ! ☆☆

ÇA FAIT LONGTEMPS QUE JE N'ÉTAIS PAS ENTRÉ CHEZ TOI…
JE NE DOIS PAS M'INQUIÉ-TER…
POUR CE QU'IL A DIT.
CLAP

ON NOUS A DONNÉ DES MANDARINES, ALORS EN VOILÀ UN PEU.
C'EST POUR TOI !
HEU, ÇA VA ?
QUELLE TÊTE...
C'ÉTAIT MOINS UNE !!!
S'IL ÉTAIT VENU QUELQUES MINUTES PLUS TÔT, IL SE SERAIT ENCORE FAIT DES FAUSSES IDÉES!
NON RIEN, TOUT VA BIEN !
?
TU AS DÉJÀ MANGÉ ?
NON ...
ALORS DÉPÊCHE-TOI !
OUI ...

HA!
HA, NON !!!
SURTOUT PAS CETTE FILLE...
NON MAIS J'HALLUCINE...
JE N'AURAIS PAS DÛ LE LAISSER ENTRER !
ET PUIS J'EN AI MARRE DE SES RÉFLEXIONS...
IL ME SOÛLE À PARLER DE FRÈRE ET SŒUR !
FRÈRE ET SŒUR...
DING DONG
GLOUP

DÉGAGE !!!
QU'EST-CE QUE JE FABRIQUE ... ?
" ILS SONT SECS ! "
ELLE ÉTAIT CRAQUANTE...

PIM
AÏE !
VOUS AVEZ L'AIR BIEN ENSEMBLE, HEIN ?
ON DIRAIT UN FRÈRE ET SA SŒUR !

TU LE SENS !?!
REI VIENT DE M'OFFRIR UN PAR-FUM !

TU ES PLUTÔT ATTENTIONNÉE, HEIN ?
SATISFAIT.
GRRR
MAIN-TENANT JE NE TE DOIS PLUS RIEN !!!
HAA...
ELLE SENT BON...
DIS, TU AS MIS QUELQUE CHOSE ?

SHOUU
SHOUU
IL SE PREND POUR QUI !?!
TOC
BON, IL M'A QUAND MÊME RAMENÉ MON SAC...
TIENS.
J'AI FAIM.
TING
T... TIENS...
J'AI FROID.
SHOUU
PIP
ET MES VÊTE-MENTS ?
ILS SONT SECS !!!
BAAH

JE NE VOULAIS PAS LE FAIRE ENTRER...
MAIS JE N'AI PAS LE CHOIX.
ガチャ
CLAP
C'EST UN PEU PETIT...
ÇA TE VA PLUTÔT BIEN...
C'EST À MA MÈRE...
ÉCRASE !!!
SHOUU
IL Y A QUELQU'UN !?
TIMIDE.
NOTRE ANIMAL !
HA, J'AI SOIF...
ドー
POM

...
SHAAAA...
TU VEUX SÉCHER TES VÊTEMENTS AVANT... ?
JE N'AI PAS DE FRÈRE, ALORS IL N'Y A QUE LES VÊTEMENTS DE MON PÈRE.
METS ÇA EN ATTENDANT.
OK...

J'EN ÉTAIS SÛRE...
TU AS QUAND MÊME PU RENTRER CHEZ TOI ?
TU VIS SEULE AVEC TA MÈRE, ALORS J'AVAIS PEUR QUE TU SOIS À LA PORTE.
SHAAAA...
TU AS TROUVÉ MON ADRESSE ?
J'AI REGARDÉ TA CARTE D'ASSURANCE, DANS TON PORTEFEUILLE.
IL A FOUILLÉ MON SAC...
TIENS.
PRENDS CE PARAPLUIE ET UNE SERVIETTE !
HUM ? HA...
MERCI...
BON, SALUT !
ATCHOUM !

TULULULUT
IL NE DÉCROCHE PAS... ?
QU'EST-CE QU'IL FICHE !?!
チャラララ
チャーラ
ラーラー
J'ENTENDS LA MÊME SONNERIE QUE LA MIENNE DEHORS...
CE QUI VEUT DIRE...
SHAAA

JE VAIS APPELER DE LA MAISON POUR QU'IL ME RENDE TOUT ÇA.
HAAA...
MIKAN, VIENS LÀ !
BAAH
CLING
CLING
ÉLASTIQUE.
CLAC
HEUREU-SEMENT QUE TU NE DÉPLOIES JAMAIS TES AILES.
ELLE EST PASSÉE OÙ ?
C'EST UNE CACHETTE GÉNIALE !

SI JE POUVAIS TROUVER LE NOM...
TESTS D'APTITUDES ANGLAIS
Baba Kazuya
Groupe 1, N°18
98
BA...
EN PLUS, IL A DES SUPER NOTES !!!
POURQUOI EST-CE QUE JE DOIS EN PLUS LA RAMENER... ?
EN FAIT, TU ES GENTIL, LE DRAGUEUR !
NE ME TOUCHE PAS, COMPRIS ?
JE M'APPELLE KAZUYA BABA !
C'EST À CE MOMENT...
J'HALLUCINE !
HAA, J'EN AI MARRE...
POURVU QU'IL NE FOUILLE PAS DANS MON PORTABLE !
BRR
BRR

MON PORTABLE ET MON AGENDA NON PLUS...
MÊME MON PORTE-FEUILLE EST...
UNE PETITE SECONDE...
C'EST LE PORTEFEUILLE DE QUI, ÇA ?

PLIC
パラ
PLIC
パラ
WHA, IL PLEUT !
BON, À DEMAIN !
SALUT !
HASEGAWA
DIRE QU'ILS AVAIENT DIT QU'IL FERAIT BEAU...
MIKAN, RENTRE AUSSI !
DÉSOLÉE ! BIEN QUE TU AIS L'AIR DE TE PLAIRE DEHORS...
ALORS, MA CLÉ...
...
ELLE EST OÙ !?!

IL A MARQUÉ SON TERRITOIRE SUR MOI…
TU AS RETROUVÉ YUKI POUR LUI DEMANDER CONSEIL ?
OUI.
ELLE A SANS DOUTE RAISON.
REI EST EFFECTIVEMENT…
POSSESSIF.
C'EST UN PEU…
NON…
C'EST TRÈS FLATTEUR !

DU PARFUM ?
ÇA SENT LA MANDA-RINE…
C'EST UN CADEAU.
JE VOULAIS T'OFFRIR UN BIJOU, MAIS…
TU N'AURAIS PAS PU LE PORTER À L'ÉCOLE.
ESSAYE …
D'EN METTRE RÉGULIÈRE-MENT !
きゅん
GLOUP

シュ
SHIII
HUM ?
ぱち
TING

SPECIAL THANKS !

MA RESPONSABLE
SHINCHAN

TOUS CEUX DU
SERVICE DE
RÉDACTION

CEUX QUI ONT
PARTICIPÉ À LA
PARUTION DE
CE MANGA

LE STAFF :
- ASAKURA SAKIKO
- NANASE REI
- ITAGAKI MIHO
- EMU KAERU
(ET BIEN
D'AUTRES)

MES AIDES
PRÉCIEUSES :
- YOSHINO AYA
- SHIGA MEGUMI
- NAKAZAWA SHIHO
- GINNOHASHI RIN
(ET BIEN
D'AUTRES)

MES AMIS,
MA FAMILLE...
ET BIEN SÛR TOUS
LES FIDÈLES
LECTEURS !!!
UN GRAND
MERCI À TOUS !!!

FERME
LES YEUX.
ON EST
DANS LE
TRAIN !!!
!?!
GNII
IL...
IL NE...
VA
QUAND
MÊME
PAS... ?

ALORS C'EST À CAUSE DE MANAMI ?
OUI, JE TE JURE !
J'Y SUIS ALLÉE POUR REFUSER, MAIS...
JE ME SUIS RETROUVÉE UN PEU BLOQUÉE...
N'EMPÊCHE QUE CE MAQUILLAGE TE VA BIEN.
HEM...
C'ÉTAIT JUSTE PAR CURIOSITÉ...
JE N'AVAIS JAMAIS ESSAYÉ...
...
C'EST TA FAUTE AUSSI ! TES COPAINS M'ONT DIT QUE TU AVAIS UNE EX...
TU AURAIS DÛ ME DIRE QUE VOUS FAISIEZ JUSTE SEMBLANT !
CE N'EST PAS DE ÇA QU'ON PARLE !
BIEN SÛR QUE SI !
GRR GRR GRR GRR GRR

ON DISCUTE-RA...
TRANQUIL-LEMENT APRÈS.
TING
HEU, D'AC-CORD ...
SHAAA

PFU !
TIENS, JE TE LA REPASSE.
PAM
WHA !
AU MOINS, ME VOILÀ SOULAGÉ !
À PLUS !
POF
IL VAUT MIEUX NE PLUS LES REVOIR…
À CHAQUE FOIS, JE TERMINE SUR LES NERFS !
AN…
BOUM
JE N'OSE PAS LE REGARDER…
REN-TRONS.

QU'EST-CE QU'ELLE A DIT ?
REI SERAIT JALOUX ?
IL A TOUJOURS L'AIR SÛR DE LUI...
...
HO, GAMIN...
QUOI !?!
SURVEILLE BIEN TA COPINE.
HEIN ?
ELLE ÉTAIT À UNE SOIRÉE-RENCONTRES...
ET EN PLUS, ELLE AVAIT TROP BU, JE NE TE RACONTE PAS !

AN...
ILS SONT TOUS LES DEUX TRÈS JALOUX, HEIN !
TOI AUSSI, TU VAS COMPRENDRE !
QUE...

MAEDA YUKI, RAVIE DE TE RENCONTRER !
JE SUIS LA COPINE DE SON GRAND FRÈRE !
SON... SON GRAND FRÈRE ?
HA, RYÛICHI ? IL N'EST PAS À L'ÉTRANGER, POUR LE FOOT ?
SI !
C'EST UNE RELATION À DISTANCE !
ZUT...
ELLE VEUT FAIRE CROIRE QU'ON SORT ENSEMBLE...
POUR NE PAS ÊTRE IMPORTUNÉE PAR LES AUTRES.
MÊME SI JE NE VEUX PAS TROP...
JE NE VOUDRAIS PAS QUE TU TE FASSES DES IDÉES, IL VAUT MIEUX QUE JE RENTRE.
SALUT !
HA, AU FAIT !

JE VEUX BIEN ADMETTRE QU'IL AIT UN PASSÉ, MAIS...
IL N'EST PAS OBLIGÉ DE LA VOIR ENCORE !
ÇA SENT LE ROUS-SI...
PFU !
HA HA HA !
C'EST TOI, AN ?
!
TU DOIS TE MÉPRENDRE, NON ?

C'EST CELLE DE L'AUTRE FOIS, AU BOULOT !
ILS AVAIENT L'AIR TRÈS PROCHES...
"COMMENT ÉTAIT SON EX ?"
"HEU... ELLE FAISAIT DU FOOT DE RUE ET AVAIT LES CHEVEUX COURTS..."
"ELLE N'EST PAS LÀ CE SOIR."
POURQUOI...
POURQUOI...
EST-CE QU'IL EST ENCORE... ?
QU'EST-CE QUE TU FAIS AVEC TON EX !?!

AN... QU'EST-CE QUE TU FAIS ?
ET TOI, TU... ?
JE L'AI DÉJÀ VUE QUELQUE PART...

Chapitre 5

AU FOOT DE RUE
GHHH ...
TU N'AURAIS PAS DÛ T'EMPIFFRER AVANT !
TU NE LUI AS PAS DIT QU'ON A DÉJÀ MANGÉ ENSEMBLE ?
EN PLUS, TU COURS JUSTE APRÈS... !
HA HA HA !
EN FAIT, IL N'AVAIT DÉJÀ PLUS FAIM.

QUE...

D'A...
D'ACCORD, MAIS LÂCHE-MOI !
REI !
BOUM
QU'EST-CE QUE TU FAIS ? VIENS !

N'OUBLIE PAS.

JE NE M'APPELLE PAS...
LE " DRAGUEUR ", COMPRIS ?
QUE...
BABA KAZUYA.

TU VOULAIS JUSTE QUELQU'UN À TES CÔTÉS, NON ?
C'EST PLUS FRATER-NEL...
BAAAH
PAS DU TOUT !
C'EST FAUX !
JE N'AI PLUS LA TÊTE QUI TOURNE, JE PEUX RENTRER SEULE.
MERCI POUR MON SAC.
SA-LUT...

QU'EST-CE QUE TU VEUX MANGER ?
PEUT-ÊTRE QU'EN FAIT...
C'ÉTAIT SURTOUT MOI...
QUI AVAIS BESOIN DE LUI.
" UNE OMELETTE AU RIZ ! "
MAIS ÇA, CE N'EST PAS...
DE L'AMOUR ... ?

DES AMIS D'ENFANCE ... ?
NOUS ÉTIONS PETITS, ALORS...
JE ME SUIS OCCUPÉE DE LUI.
NOS DEUX FAMILLES SONT DIVORCÉES.
"TU VEUX BIEN JOUER AVEC LUI ?"
AN !
J'AI FAIM !

IL M'A DIT...
QU'IL M'AIMAIT, ET PUIS...
IL ME CONNAÎT BIEN !
" AN...
JE COMPTE SUR TOI POUR VEILLER SUR REIICHI. "
" IL DOIT SE SENTIR SEUL...

OÙ EST LE PROBLÈME ?
C'EST ÇA, LE PROBLÈME !!!
IL A DIT QU'IL M'AIMAIT DEPUIS TOUJOURS...
ALORS QU'EST-CE QUE ÇA SIGNIFIE !?!
TU NE TROUVES PAS ÇA ABUSÉ !?!
わああ
MENTEUR !
TU PARLES DU CHOC QUE J'AI EU...
ELLE... ELLE EST SUPER CHIANTE !!!
C'EST AUSSI ÇA QUI FAIT CE QU'IL EST MAINTENANT.
C'EST DU PASSÉ !
ET PUIS QU'EST-CE QUE TU TROUVES À CE COLLÉGIEN ?
IL N'A MÊME PAS D'ARGENT...

POURQUOI EST-CE QUE JE DOIS EN PLUS LA RAMENER ... ?
NE ME TOUCHE PAS, COMPRIS ?
EN FAIT, TU ES GENTIL, LE DRAGUEUR !
JE M'APPELLE KAZUYA BABA !
M'EN FICHE.
JE NE SUIS PAS EN ÉTAT DE LE RETENIR.
DIS DONC, TOI...
AUJOURD'HUI...
J'AI APPRIS QUE REI A DÉJÀ EU D'AUTRES COPINES.

TU NE VOULAIS PAS RESTER ?
BAH...
DE TOUTE FAÇON, CE N'EST PAS POUR MOI !
JE N'AVAIS PAS VRAIMENT ENVIE D'Y ALLER.
HUM ...
GHHH
BON, MOI C'EST PAR LÀ...
C'EST ÇA, RENTRE DIRECTEMENT CHEZ TOI !
ET PAS DE DÉTOUR !
BLOM
SOIRÉE

TU N'ES PAS UN PEU ROUGE ?
HEIN ?
HIC !
MAIS C'EST DE L'ALCOOL !!!
HEIN ?
QUI A COMMANDÉ ÇA ?
PERSONNE. LE SERVEUR S'EST PEUT-ÊTRE TROMPÉ ?
RENDS-MOI ÇA !
ALLEZ, ON RENTRE ?
GHH... ?

HA, LE DRAGUEUR DE L'AUTRE FOIS !
CLANG
WOUAH !?! QU'EST-CE QUE TU FAIS ICI ?
JE REMPLACE UNE AMIE...
QUOI ?
ET TON COPAIN, IL EST D'ACCORD ?
FRAN-CHE-MENT...
ÇA M'ÉTON-NERAIT !
TU AS L'AIR BIEN REMONTÉE, TOI...
HUM ?

JE PEUX M'ASSOIR ICI ?
OUI...
MER...
CI...
HA...

JE M'OCCUPE DE TON MAQUILLAGE ! ♪
JE N'IRAI PAS !
403
ガチャ
CLAP
DÉSOLÉ POUR LE RETARD.
QU'EST-CE QUE TU FICHAIS, KAZUYA ?
BABA KAZUYA, BONJOUR À TOUT LE MONDE !

BON, TRÈS BIEN !
CLAC
ALORS REGARDE LES AUTRES GARÇONS...
ET COMPARE-LES !
MAIS COMMENT... ?
ALLÔ ? OK POUR LA SOIRÉE-RENCONTRES !
LA... ?
C'EST UNE BLAGUE !?!
PAS MOI, MAIS...
UNE COPINE VOUDRAIT Y ALLER.
PIP
SUR CE...
AMUSE-TOI BIEN ! ♡
J'HALLUCINE !!!

" JE VOUS AI TOUJOURS AIMÉ " !
TU VOIS ?
J'AI L'IMPRESSION QUE C'EST À MOI QUE TU LE DIS…
C'EST ÇA QUE TU CHERCHAIS À FAIRE !?
MAIS… J'AI L'IMPRESSION D'ÊTRE TRAHIE !
AN…
TU ES SORTIE AVEC LUI SIMPLEMENT PARCE QU'IL DISAIT T'AIMER ?
HEU …
NON …
MAIS …
ÇA A COMPTÉ !
BAH, SANS DOUTE…

C'EST MAINTENANT QUE TU RÉALISES ?
CASH.
IL EST EN FIN DE COLLÈGE, CE N'EST PAS ÉTONNANT !
ET SES SENTIMENTS POUR MOI ?
CE N'EST PAS PAREIL !
TU ÉTAIS AMOUREUSE DU PROF EN COURS PARTICULIERS À SON ÂGE, NON ?
CLANG
QUE...
NE RÉVÈLE PAS MES SECRETS !!!
J'ÉTAIS ENCORE JEUNE...
HA, C'EST VRAI !
C'EST MÊME POUR ÇA QUE JE M'ÉTAIS TRANSFORMÉE EN INTELLO !
SI TU LE REVOYAIS ET QUE TU EN RETOMBAIS AMOUREUSE...
TU LUI DIRAIS QUOI ?

VLAAAAM
MIKAN !!!
À TABLE ?
BLOOOOM
JE M'EN DOUTAIS, IL A L'HABITUDE DES FILLES !!!
GLOUP
CE BAISER...
ET CELUI-CI...
IL N'A PAS HÉSITÉ PARCE QU'IL AVAIT DÉJÀ DE L'EXPÉRIENCE AVEC UNE AUTRE !
OUIIIIIN !!!
SNIF
JE NE SUIS PAS D'ACCORD, MOI !!!

V... VRAIMENT ?
HEU... TU NE SAVAIS PAS ?
BAH, IL ALLAIT SÛREMENT T'EN PARLER..
NE LUI DIS PAS QUE J'AI GAFFÉ, HEIN !
IL A DIT QU'IL M'AIMAIT DEPUIS LONGTEMPS...
WOUAAH...
POURQUOI EST-CE QU'IL A UNE EX !?!

TROP MARRANT !
TU ES EN QUELLE ANNÉE ?
2E, AU LYCÉE.
ALORS IL AIME VRAIMENT LES FILLES PLUS ÂGÉES !
?
SON EX AUSSI...
AVAIT UN AN DE PLUS, JE CROIS.

JE M'APPELLE SAKA-MOTO...
ET TOI ?
HASE-GAWA ANZU.
TU VEUX BIEN APPELER REI ?
?
REI !
BON COURAGE !
POM
POM
HA !
JE L'AI !!
BAAAH
HAAA !!!
CON-CENTRE-TOI UN PEU !!!
HA HA HA ! IDIOT !
COURAGE !

JE SUIS VRAIMENT NAVRÉE POUR LES FANS DE NE ME REPOUSSE PAS, MAIS J'AI FAIT MON MAXIMUM POUR MENER À BIEN CES 2 VOLUMES…

SI ON CONTINUE COMME ÇA…
À TERME, CE SERA …
LE MARIAGE … ?
DONG
DONG
CE N'EST PEUT-ÊTRE PAS IMPOSSIBLE, HEIN ?
HO ! C'EST TA COPINE ?
OUI.
MAIS C'EST LA FILLE QUI BOSSAIT AVEC TOI !
TU NOUS AS MENTI !
ON NE SORTAIT PAS ENCORE ENSEMBLE.
DANS CE CAS, JE DEVIENDRAIS…
AN MORIYAMA … ?
C'ÉTAIT DÉLICIEUX !
BON, J'Y VAIS !
POURQUOI PAS ?
ÇA SONNE PLUTÔT BIEN !
DIS, REI…
PERSONNE.

DÉLICIEUX !
VRAIMENT ? TANT MIEUX !
HO OUI !
ÇA FAIT LONGTEMPS QUE JE N'AVAIS PAS MANGÉ TA CUISINE...
J'ÉTAIS AU PRIMAIRE...
JE FAIS PLUS DE PLATS QU'AVANT !
HÉ BIEN !
TU FERAIS UNE BONNE ÉPOUSE !
É...
ÉPOUSE ... ?
TU NE JOUES PAS, REI ?
LA PARTIE D'APRÈS !
C'EST VRAI QU'IL N'Y A PAS DE PROBLÈME ENTRE NOUS...

BOUM
BOUM
BOUM
RE... REI...
TU N'AS PAS FAIM ?
JE T'AI FAIT UNE BOÎTE-REPAS.
TU AS MANGÉ APRÈS TES COURS DU SOIR ?
OUI...
C'EST FAIT.
HEIN !?!
JE M'EN DOUTAIS !
JE RIGOLE !
J'AI SUPER FAIM !!!
MERCI !
WOUAH, GÉNIAL !!!

わぁぁ! WHAAAA!
JE NE SAVAIS PAS...
QUE LE FOOT DE RUE SE JOUAIT À CINQ CONTRE CINQ !
LE TERRAIN EST PLUS PETIT AUSSI.
JE PRÉFÈRE REGARDER !
TU VEUX ESSAYER ?
REI DEVAIT FAIRE UNE PARTIE AUJOURD'HUI, ALORS...
JE SUIS VENUE VOIR.
わ WHAA!

" AN, JE COMPTE SUR TOI POUR VEILLER SUR REIICHI. "
" IL DOIT SE SENTIR SEUL, TU VEUX BIEN JOUER AVEC LUI ? "

Chapitre 4

BABA N'EN A PAS PERDU UNE MIETTE.
AN... POUR-QUOI... ?
REI
DÉSOLÉE, JE N'AVAIS PAS L'INTENTION D'ÉCOUTER...
AN
" AN ", ALORS ?
WHAAA...
POURTANT IL NE L'A ENTENDU QU'UNE SEULE FOIS !

ON VA QUELQUE PART, KAZUYA ?
CLAP
SI TU VEUX...
LE MONDE...
BRILLE DE MILLE FEUX...
ALLEZ ! QU'EST-CE QUE TU AS DEMANDÉ ?
GRANDIR ENCORE UN PEU...

ENFIN PARTIS…
HAA…
C'EST LA 2e FOIS AUJOURD'HUI…
RAS-LE-BOL…
ELLE AIME LES PLUS JEUNES ?
LES GAMINS ?
ELLE EST BIZARRE…

CLONG
CLONG
CLAP
CLAP
MERCI…
DE NOUS AVOIR PERMIS DE NOUS RETROUVER.
FAITES QU'IL RÉUS-SISSE…
ET QU'ON S'ENTENDE TOUJOURS BIEN.
TU AS PRIÉ POUR TES PARTIELS ?
AUSSI, OUI.
DEPUIS QU'ON S'EST REVUS, MON UNIVERS S'EST TRANSFORMÉ.
HA BON ? QUOI D'AUTRE ?
…

OU PLUTÔT, JE L'ENVIE ...
IL PLAÎT BEAUCOUP AUX FILLES, MAIS POURTANT...
IL SE SOUCIE VRAIMENT DE MOI !
HA, TIENS !
BON, TRÈS BIEN !
JE T'AIDERAI AUSSI, ALORS !
COMMENT PEUT-IL TOUJOURS SAVOIR CE QUI ME FAIT PLAISIR ?
ET SI ON ALLAIT PRIER POUR MON CON-COURS ?
D'AC-CORD !

…
JE VEUX ALLER DANS LE MÊME LYCÉE QUE TOI !
!
QU'EST-CE QU'IL TE PREND ? JE SERAIS CONTENTE, MAIS BON…
JE NE SUIS QU'UN COLLÉGIEN, ALORS TU SUBIS PAS MAL DE REMARQUES À CAUSE DE ÇA.
EN PLUS, JE N'AIME PAS LE FAIT QUE L'AUTRE TYPE SOIT DE TON ÉCOLE AUSSI.

JE T'AIME !

QUE...
MAINTE-NANT...
JE SUIS À TOI, NON ?
JE SUIS TA COPINE, ALORS...
TU ES LE SEUL, POUR MOI.

OUI...
UN PEU.
ALORS...
LUI AUSSI, IL A PARFOIS PEUR ?
HEU...
JE...
TU M'AS DIT...

QU'EST-CE QUE TU FAISAIS AVEC LUI ?
POURQUOI EST-CE QU'IL T'A APPELÉE PAR TON PRÉNOM ?
JE NE LUI AI PAS DIT !
ALORS COMMENT EST-CE QU'IL LE CONNAISSAIT ?
PEUT-ÊTRE QU'IL T'A ENTENDU LE PRONONCER, NON ?
DIS DONC...
ÇA TE TRACASSE ?
GNIII

GRRR
DÉGAGE, IDIOT !!
JE NE TE CONNAIS PAS, MOI !!!
REI, JE TE DIS QUE JE SUIS DÉSOLÉE !
JE N'AURAIS PAS DÛ T'ESPIONNER, MAIS CE N'ÉTAIT PAS FAIT EXPRÈS !
LÀ N'EST PAS LE PRO-BLÈME.
HEIN ?

POUR-QUOI … ?
EXCUSE-MOI, JE N'AVAIS PAS L'INTENTION D'ÉCOUTER, MAIS…
JE N'AI PAS OSÉE SORTIR…
…
BON, AN…
HUM ?
ON SE VERRA À L'ÉCOLE LA SEMAINE PROCHAINE, HEIN ?

...
ÇA M'ÉNERVE, TIENS...
HEIN ?
SHIII
MAIS, HO !
QUEL SUCCÈS !
TA COPINE T'OBSERVAIT, ELLE AVAIT PEUR.
WHA !!!
TU N'ÉTAIS PAS OBLIGÉ DE...
AN...

S'IL TE PLAÎT...
JE L'AI TOUJOURS AIMÉE ET ON SORT ENFIN ENSEMBLE, ALORS...
JE N'AI PAS L'IN-TENTION DE ROMPRE.
JE VOIS ...
IL ASSURE, EN FAIT !
OUI...
TAP
TAP

EXCUSE-MOI.
J'AIME LA FILLE QUI EST VENUE AVEC MOI, JE NE PEUX PAS.
REI !?!
ELLE EST PLUS ÂGÉE, NON ?
OUI.
POURQUOI ELLE ?
ELLE JOUE AVEC TOI, NON !?!
JE NE PENSE PAS.
JOUER... ?
HO, ELLE INSISTE !
IL VA CRAQUER !
CHUT !
TAIS-TOI !
BAH, MOI JE TROUVE QU'IL AURAIT PU ACCEPTER AU MOINS DE LIRE CE QU'ELLE A ÉCRIT.
NE LE COMPARE PAS À TOI !
JE T'EN PRIE, NE LA PRENDS PAS !

TOUT CE QUE JE RESSENS EST ÉCRIT DANS CETTE LETTRE, SI TU VEUX BIEN LA LIRE…
WHAAA !!!
ELLE LUI FAIT UNE DÉCLARATION D'AMOUR !?!
C'EST LE GAMIN DE L'AUTRE FOIS ?
C'EST LUI TON COPAIN ?
VOUS SORTEZ ENSEMBLE ?
OUI !
TAIS-TOI UN PEU, JE VEUX ÉCOUTER !
ELLE EST SI MIGNONNE…
QU'EST-CE QU'IL VA FAIRE ? PRENDRE SA LETTRE… ?

NON, JE SUIS AVEC MON COPAIN...
HA, JE L'AI DIT !
HA BON ... ?
ALORS À PLUS TARD.
TAP TAP
OK !
TU ES BIEN REIICHI, N'EST-CE PAS ?
HUM ?
QUOI !?!
SHAA
HO, UNE DÉCLARATION ?
FOUIP
CHUT !

HA !
TU ÉTAIS DE NOTRE ÉCOLE ?
DANS QUELLE CLASSE ? MOI, LA 2-1.
LE GROUPE SCIENTIFIQUE !?!
MOI JE SUIS EN 2-7.
LITTÉRAIRE.
VOILÀ POURQUOI ON NE SE CROISAIT PAS, LES BÂTIMENTS SONT SÉPARÉS.
TU ES TOUTE SEULE ?

MON PÉNIBLE QUOTIDIEN 1
IL M'EST ARRIVÉ PAS MAL DE CHOSES ASSEZ DOULOUREUSES DEPUIS QUE J'AI COMMENCÉ CETTE SÉRIE.
GHHHH !?!
JE M'EFFORÇAIS DE LE SUPPORTER, JUSQU'AU JOUR OÙ ÇA M'A PRIS DANS LES HANCHES...
AÏE !
HA ...
J'AI FINI PAR NE PLUS POUVOIR MARCHER.
SEULEMENT EN CRABE (30M/MN).
C'EST LE STRESS.
MÉDECIN.
J'AI CRU À UNE HERNIE, OU À UN 4e LUMBAGO...
CE SERAIT À CAUSE DU STRESS !?!
JE ME CROYAIS PLUS FORTE QUE ÇA...
J'AVAIS JUSQU'ICI TOUJOURS BRAVÉ LES ÉPREUVES AU MENTAL, MAIS ON NE TROMPE PAS SON CORPS...
LAMENTABLE...
À SUIVRE AU 2e

C'EST VRAI QUE ÇA FAIT BIZARRE, UNE LYCÉENNE ET UN COLLÉGIEN...
SÛREMENT À CAUSE DE CET UNIFORME ?
J'AURAIS DÛ ME CHANGER.
J'ESPÈRE QUE ÇA NE LUI PÈSE PAS TROP ?
HA, L'UNIFORME DE CHEZ NOUS...
SA CRAVATE...

JE VAIS AUX TOILET-TES.
HUM ? OK...
PLAF
GHHH...
SA SŒUR ...

TU VEUX RIRE ?
BOUM
ELLE PORTE L'UNIFORME DU LYCÉE KAMAKURA, ELLE DOIT ÊTRE BEAUCOUP PLUS VIEILLE QUE LUI !
C'EST SÛREMENT SA SŒUR, NON ?
SA SŒUR...

きゅん
GNIII
MÊME LUI, IL ROUGIT !
C'EST VRAI QU'EN LE REGARDANT DE PLUS PRÈS, IL EST VRAIMENT MIGNON !
J'EN SUIS ABSORBÉE...
DIS, LÀ-BAS...
CE N'EST PAS MORIYAMA REIICHI, DU COLLÈGE DE L'EST ?
HA BON ? C'EST LA PREMIÈRE FOIS QUE JE LE VOIS EN VRAI !
IL EST AUSSI BEAU QU'ON LE DIT ! ♡
ON ENTEND TOUT, HEIN !
ON DIRAIT QU'IL A UN SACRÉ SUCCÈS...
SHIII
TU CROIS QUE C'EST SA COPINE, À CÔTÉ ?

AN, NE ME FIXE PAS COMME ÇA...
HEIN ? HA, JE T'ENNUIE !?!
JE LE SOÛLE ?
MAIS NON...
C'EST JUSTE QUE JE N'ARRIVE PAS À ME CONCENTRER.

UN RENCARD À LA BIBLIOTHÈQUE !!!
BIBLIOTHÈQUE MUNICIPALE

PFU
ON N'EST QU'EN 2E HEURE...
ÇA VEUT DIRE QU'IL PENSE À MOI, EN CE MOMENT ?
JE CROIS QUE...
ÇA ME FAIT SUPER PLAISIR, EN FAIT...
CE N'EST PAS FINI ?
CLIC
CLIC
CLIC
On est samedi, demain.
J'irai réviser un peu à la bibliothèque, tu veux venir ?

JE ME DEMANDE CE QU'IL FAIT, EN CE MOMENT.
ブUHHHH
ブUHHHH
UNE ADRESSE INCONNUE... ?
REI !?!
VOUS AVEZ 1 MAIL
XXX@YAHOO.CO.JP
SUB : C'EST MOI, REI !
CLIC CLIC CLIC CLIC
MAIS, COMMENT ÇA SE FAIT ?
XXX@YAHOO.CO.JP
TO : XXX@ENWEB.NE.JP
SUB : C'EST MOI, REI !
JE T'ÉCRIS DE L'ORDI DE L'ÉCOLE.
TU NE DORS PAS ?
MOI J'AI FAIM...

AVOUÉ, NON ?
LA POISSE...
J'AI LU QUELQUE PART QUE LES SENTIMENTS DES GENS PEUVENT CHANGER TRÈS VITE !
JE DOIS ME DÉPÊCHER...
EN PLUS, IL N'A PAS DE PORTABLE, ALORS...
LES JOURNÉES ME PARAISSENT ENCORE PLUS LONGUES.
...
...
CE SERAIT TELLEMENT PLUS SIMPLE SI ON ÉTAIT DANS LA MÊME CLASSE...
VOISINS DE TABLE...

MERCI !
ELLE A UN PEU CHANGÉ, NON ?
OUI...
MAINTENANT J'ARRIVE À SOURIRE AUX GARÇONS !
DEPUIS CET ÉTÉ...
PAUVRE REI...
JE SAIS QUE TU ES PLUTÔT TÊTUE, ALORS FAIS EN SORTE DE LUI DIRE RÉGULIÈREMENT QUE TU L'AIMES !
C'EST IMPORTANT DE SE LAISSER ALLER !
CE N'EST PAS BIEN COMPLIQUÉ DE...
...
HUM ?
JE CROIS QUE JE NE LUI AI JAMAIS VRAIMENT...

J'AIME-RAIS BIEN, MAIS...
IL A DES EXAMENS, CETTE ANNÉE.
ÇA VA PEUT-ÊTRE LE GÊNER ?
TU L'AIMES BEAU-COUP, HEIN ?
JE SAIS QUE JE TE L'AVAIS CONSEILLÉ, MAIS ÇA M'ÉTONNE !
TOI QUI DISAIS VOULOIR UN GARÇON D'AU MOINS TON ÂGE...
IL EST CARRÉ-MENT AU COL-LÈGE !
BLOM
CE N'EST PAS MOI QUI AI COMMENCÉ !
C'EST LUI QUI...
BLAM
HAAA...
PAS LA PEINE DE BONDIR COMME ÇA !
BLAM
TIENS.
HA...
BOUM

ON N'A VRAIMENT PAS BEAUCOUP DE CHEMIN À FAIRE ENSEMBLE !!!
MANAMI... CE N'EST PAS DRÔLE, L'AMOUR LONGUE DISTANCE...
HAA...
VOUS ÊTES JUSTE À CÔTÉ L'UN DE L'AUTRE !
TOUS LES DEUX...
PUISQUE TU T'ES FAIT UN PEU D'ARGENT, SI VOUS VOUS FILIEZ RENCARD ?
UN RENCARD !?!

VOILÀ UNE SEMAINE QUE NOUS SORTONS ENSEMBLE...
DÉJÀ DEHORS, REI ?
LA CÉRÉMONIE DE RENTRÉE AU COLLÈGE COMMENCE DE BONNE HEURE.
ET C'EST LA RENTRÉE !
HA OUI, C'EST VRAI...
AT-TENDS !
TU N'ES PAS UN PEU EN AVANCE ?
JE T'ACCOMPAGNE !
PAS GRAVE !
...
...
BON, JE PARS DE CE CÔTÉ.
OK, À PLUS TARD !

VOS LETTRES

VOS COURRIERS ME FONT TOUJOURS UN BIEN FOU, UN GRAND MERCI À TOUS !!! DANS " 7CM ", JE VOUS AVAIS ANNONCÉ QU'À CAUSE D'UN PROBLÈME DE TEMPS ET SURTOUT DE NOMBRE, J'ALLAIS TIRER AU SORT LES PERSONNES À QUI JE RÉPONDRAIS. CETTE FOIS EN REVANCHE (ET SUR DEMANDE DES LECTEURS), J'AI DÉCIDÉ D'HONORER TOUT LE MONDE. FORCÉMENT JE NE POURRAI PAS ÉCRIRE MOI-MÊME CHAQUE CARTE, MAIS JE VAIS ESSAYER DE JOINDRE DES IMAGES OU DES ILLUSTRATIONS. JE NE M'Y ATTELLE QU'UNE À DEUX FOIS PAR AN, MAIS JE N'OUBLIERAI PAS CEUX QUI ME PRÉCISENT UNE ADRESSE RETOUR AVEC LEUR LETTRE !

VOUS POUVEZ ME JOINDRE À CETTE ADRESSE :
MC PRODUCTIONS
EDITIONS SOLEIL MANGA
25 RUE TITON
75011 PARIS
J'ATTENDS FERMEMENT VOS COMMENTAIRES ET IMPRESSIONS !

Chapitre 3

EST BOUILLANT...
EST-CE À CAUSE DE LA CHALEUR DE L'ÉTÉ...
MAINTENANT, TU ES À MOI.
OU L'ÉTINCELLE DE L'AMOUR... ?

...
COMME ÇA, ILS NE VERRONT RIEN.
M... MAIS ...
REI...

BOUM
J'ENTENDS MON CŒUR...
BATTRE EN RYTHME...
AVEC LE SIEN.
QUAND JE SERAI GRAND...
JE T'ÉPOUSERAI !
HA...
JE VIENS DE ME RAPPELER DE...
BAAH ばっ
DIS DONC ! IL Y A DU MONDE, ICI !!!
PERSONNE NE REGARDE.
JE TE DIS QUE SI !!!

C'EST TOI QUI M'AS RÉPONDU OUI, COMPRIS ?
IL... IL M'A CONDUITE OÙ IL VOULAIT, HEIN !?!
GNiii
REI, ON NOUS REGARDE...
BOUM
JE NE VEUX PLUS...
T'ENTENDRE DIRE QUE TU NE SUPPORTES PAS LES PLUS JEUNES !
JE SUIS RAIDE DINGUE DE TOI, MOI...
MAIS TU N'ARRÊTAIS PAS DE TE TRACASSER POUR DES BÊTISES !

ENFIN TU L'AS DIT !

OUI...
QUOI QU'IL EN SOIT...
JE CROIS QUE JE L'AIME.
ばっ BAAH
LA HONTE...
!
ぎゅ GNIiii
REI...

C'EST FAUX.
EN RÉALITÉ, JE LE SAIS...
DEPUIS DÉJÀ QUELQUES TEMPS.
JE TE LE DEMANDE UNE DERNIÈRE FOIS.
BOUM
EST-CE QUE TU VEUX SORTIR AVEC MOI ?
BOUM
...
BOUM

MAIS...
JE DÉTESTE TE VOIR FRICO-TER...
AVEC D'AUTRES FILLES !
ET ?
ET !?!
JE... JE NE SAIS PAS QUOI FAIRE...

QUE...
TU ME VOLES MON PREMIER BAISER..
ET TU NE VEUX PAS L'ASSUMER ?
QU'EST-CE QUE JE RACONTE ... ?
ON DIRAIT QUE JE...
L'ASSUMER ?
ALORS TU VEUX SORTIR AVEC MOI ?
JE...
TU NE VEUX PAS D'UN COLLÉGIEN, HEIN ?
...
NON...
MAIS...
MAIS...

TU N'ES QU'AU COLLÈGE, ALORS...
J'ÉTAIS PERSUADÉE QUE CE SERAIT IMPOSSIBLE ET POURTANT...
JE N'EN PEUX PLUS...
J'EN AI MARRE !!!
JE PASSE MON TEMPS À Y REPEN-SER !
MES PROPRES SENTIMENTS ME SOÛLENT.
ALORS TU VEUX ARRÊTER ?
TU PRÉFÈRES QUE JE NE T'APPROCHE PLUS ?

DOUCHES TIÈDES
GRATUIT
GARCONS
FILLES
BON, TOI C'EST PAR LÀ.
OUI...
JE NE COMPRENDS PLUS RIEN !!!

CE... C'EST QUE...
WHA !
ぱっ
BAAAH
MANAMI...
ON VA PRENDRE UNE DOUCHE, TU VEUX BIEN SURVEILLER LA BOUTIQUE ?
L'AMOUR ...

REI...
SHAAA
AN !!!
ÇA VA, MADEMOISELLE ?
SHAAA
J'AMÈNE DES SERVIETTES...
KEUF !
KEUF !
IDIOTE !!!
TU SAIS TRÈS BIEN QUE TU NE NAGES PAS BIEN, POURTANT !

AN !!!
KEUF !
TOUT VA BIEN !?!
GHHH...
KEUF !
ACCROCHE-TOI À ÇA !
HAA...
HAA...

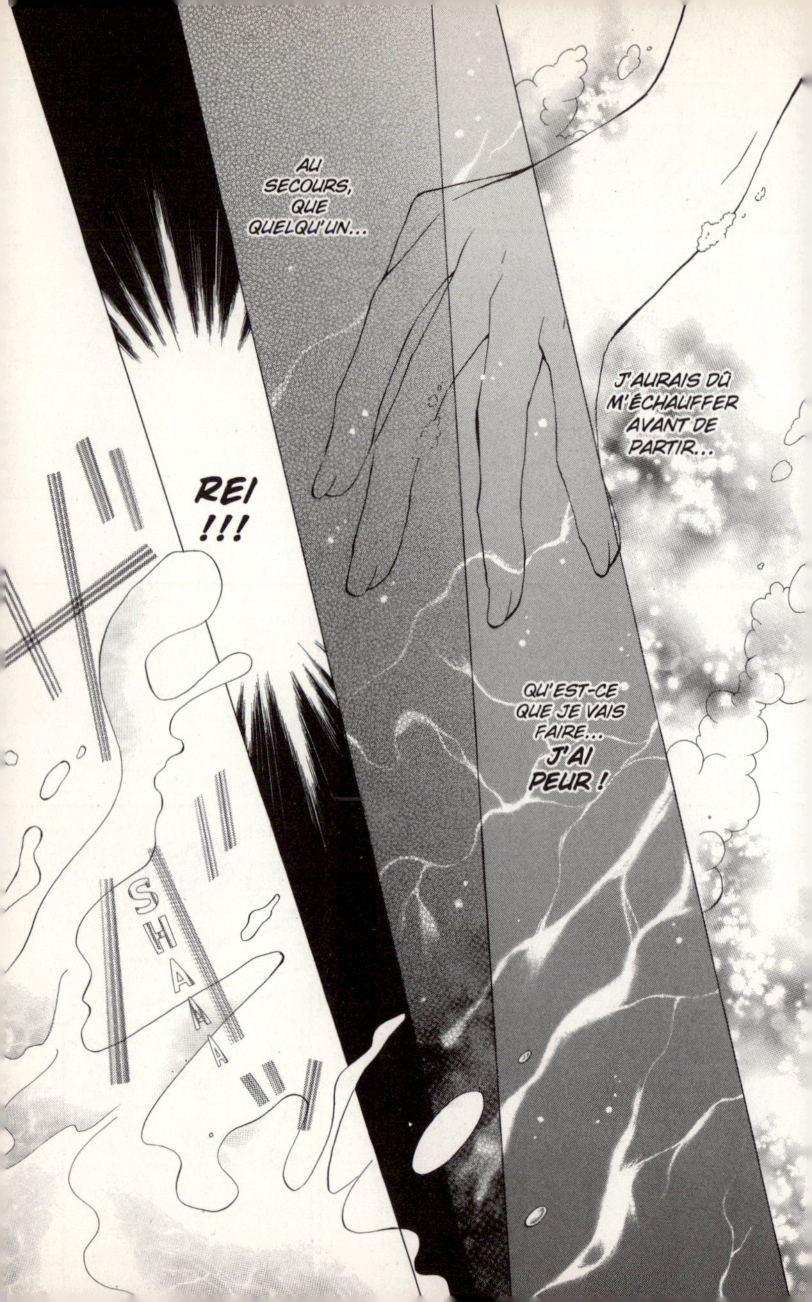
J'AURAIS DÛ M'ÉCHAUFFER AVANT DE PARTIR...
AU SECOURS, QUE QUELQU'UN...
QU'EST-CE QUE JE VAIS FAIRE... J'AI PEUR !
REI !!!
SHAAA

SHAAAA
JE N'AVAIS PAS NAGÉ DEPUIS UN BAIL !
JE PENSAIS QUE CE SERAIT FACILE, MAIS...
ALLEZ, PLUS QU'UN PEU...
ELLE N'EST PAS À CÔTÉ !
DZIIIH
?
NON !
UNE CRAMPE !?!
BLOUP !
KEUF ...
GHH !
J'AI BU LA TASSE ...
BLOUP !

LES ENFANTS !
JE VAIS LA CHERCHER !
PLAAATCH
ÇA TOMBE BIEN.
JE VAIS POUVOIR CAMOUFLER MES LARMES.
AU PASSAGE, ÇA ME REMETTRA LES IDÉES AU CLAIR.
HA...
MAIS QU'EST-CE QU'ELLE FABRIQUE ?
J'HALLUCINE...

かき氷
MOI QUI VOULAIS L'IGNORER, JE ME VEXE À LA MOINDRE RÉFLEXION...
DÉCIDÉMENT...
JE SUIS VRAIMENT NULLE.
EN PLUS, JE N'ARRIVE PAS À RETENIR MES LARMES...
WOUAH ! MA BOUÉE !
ELLE EST PARTIE...
PAPA ET MAMAN NE VEULENT PAS QU'ON AILLE AUSSI LOIN...
COMMENT ON VA FAIRE ?

JE SUIS LE PLUS JEUNE, ALORS ILS ME TAQUINENT SOUVENT.
DÉSOLÉ S'ILS T'EM-BÊTENT !
DITES, VOUS SORTEZ ENSEMBLE TOUS LES DEUX ?
HEU...
VOUS AVEZ L'AIR DE BIEN VOUS ENTEN-DRE...
HEIN ?
PAS DU TOUT.
HA BON ?
HA HA HA !
" PAS DU TOUT ".
JE PEUX ...
RAMASSER VOS VERRES ?

N'HÉSITE PAS À L'EXPLOITER, HEIN ?
GLOUP
MAIS OUI, JE BOSSE BIEN.
VRAI-MENT ?

HA, REI !
DE L'EAU PLATE, D'ACCORD.
EN PLUS, C'EST EN LIBRE-SERVICE.
HEIN ?
CLANG
RADIN !!!!
ON SE CALME, TOUT VA BIEN...
VOICI VOS BOULETTES.
HEU...
VOUS VOUS CONNAISSEZ ?
OUI.
ON FAIT DU FOOT DE RUE ENSEMBLE.
HA, ELLE BOSSE AVEC TOI ? C'EST QUOI TON PETIT NOM ?
DÉCIDÉMENT, J'AI DU MAL AVEC LES GARÇONS...
TROP NOMBREUX...
REI TRAVAILLE SÉRIEUSEMENT ?

SHOUUUUU
ON SE CONCENTRE...
ON SE CONCENTRE !!!
DAAAH
CE N'EST PAS LE MOMENT DE PENSER À N'IMPORTE QUOI !
JE VAIS EXORCISER ÇA AVEC DES BOU-LETTES DE POULPE !!!
EN PLUS, REI NE M'A PAS PARLÉ UNE SEULE FOIS D'HIER...
JE SUIS LA SEULE QUI ME MONTE LA TÊTE BÊTEMENT !
APPELEZ-MOI LA " REINE DES BEIGNETS DE POULPE " !
J'ÉTAIS SANS DOUTE ...
UN PEU FÉBRILE À CAUSE DE LA CHALEUR.
C'EST SANS DOUTE ÇA.
REI, TU NOUS PAIES QUELQUE CHOSE ?

LES PERSONNAGES

HASEGAWA ANZU
NÉE UN 23 FÉVRIER
POISSON,
GROUPE A.

MORIYAMA REIICHI
NÉ UN 11 JUILLET
CANCER,
GROUPE O.

BABA KAZUYA
NÉ UN 30 OCTOBRE
SCORPTION,
GROUPE AB.

HA...
IL PORTE ÇA FACILE-MENT...
HÉ BIEN...
ガチャ
CLAP
パタン
CLAP
CLAP
ON DIRAIT QU'IL A L'HABITUDE DE JOUER AVEC LES FILLES...
C'ÉTAIT MON PREMIER BAISER, MOI...
MAIS PEUT-ÊTRE PAS LUI.
SES LÈVRES ÉTAIENT VRAIMENT DOUCES.

C'EST BON, JE L'AIE.
LA POUSSIÈRE...
DANS TES CHEVEUX !
FOUIP
WOUAAAAAH !!! JE N'AURAIS VRAIMENT PAS DÛ M'EMBALLER !!!
BON, JE PRENDS ÇA.
CLANG

HA...
JE... JE L'AI VEXÉ ?
IL...
IL NE VA QUAND MÊME PAS... ?
SHIII
ON NE DEVRAIT PAS...
GLOUP
JE SUIS ENCORE BLOQUÉE DERRIÈRE !!

QUE...
POURQUOI EST-CE QU'IL ME SUIT ALORS QUE JE L'ÉVITE ?
C'EST GENTIL, MAIS JE PEUX LE FAIRE TOUTE...
SEULE...
かぁっ
SHIII
IL EST COLLÉ À MOI !!!
BAAAH
JE PEUX LE PORTER !
ON A PRESQUE LE MÊME GABARIT, EN PLUS !

JE VAIS CHERCHER DES BOISSONS POUR LE FRIGO.
IL VAUT MIEUX QUE JE NE L'APPROCHE PAS TROP.
ÇA IRA, ÇA ?
BESOIN D'AIDE ?
GLOUP
WHA ...
REI !
C'EST LOURD, NON ?

CABANON KURAGE
BON, ON VA FAIRE COMME SI RIEN NE S'ÉTAIT PASSÉ.
BOUM
REI !
VA NETTOYER LA TABLE 3 !
J'Y VAIS !
LA POISSE, JE PASSE MON TEMPS À LE REGARDER !
PAS FACILE DE BOSSER ENSEMBLE !
JE NE SAIS MÊME PAS COMMENT AGIR AVEC LUI !
BOUM
BOUM
BOUM
HAAAAA !!!
SHIIII

PETITE ANECDOTE

COMME J'AI UTILISÉ L'ESPACE VERTICALE POUR RACONTER MES MALHEURS, JE VAIS CETTE FOIS-CI VOUS PARLER DE L'HISTOIRE EN ELLE-MÊME ET DES BONUS.
J'AI RÉALISÉ CE CHAPITRE 1 ET 2 EN ME DISANT TOUT LE LONG QUE LES DEUX HÉROS ÉTAIENT QUAND MÊME DRÔLEMENT MIELLEUX, C'EST SANS DOUTE L'HISTOIRE LA PLUS PORTÉE SUR L'AMOUR QUE J'AIE DESSINÉE JUSQUE-LÀ. LA CHANSON QUI REPRÉSENTERAIT LE MIEUX TOUT CELA EST SANS DOUTE " GET CHU " DE AAA...
REI NE SE DÉVOILE TOUT DE MÊME PAS ÉNORMÉMENT DANS LA TRAME PRINCIPALE, ON APERÇOIT QUELQUES-UNES DE SES EXPRESSIONS MAIS C'EST TOUT. ÇA M'A BIEN SOULAGÉE D'ALLER PLUS LOIN DANS LE BONUS !
EN FAIT, IL DONNE BEAUCOUP DE LUI-MÊME, MAIS FAIT EN SORTE QUE ÇA NE SE VOIT PAS, C'EST UN GARÇON !

UN DERNIER DÉTAIL, LE PREMIER PERSONNAGE QUI ÉTAIT VRAIMENT MIS EN PLACE ÉTAIT... MIKAN !

Chapitre 2

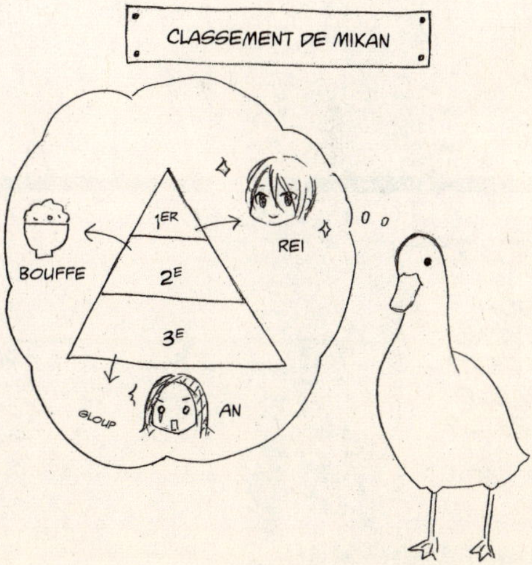
CLASSEMENT DE MIKAN
1ER
2E
3E
BOUFFE
REI
AN
GLOUP

HAA... COMMENT EST-IL POSSIBLE...
QUE MON ATTENDRISSANT JEUNE COPAIN D'ENFANCE...
SOIT DEVENU UN PETIT DIABLE PAREIL ?

SI TU ME REPOUSSES, JE NE TE REPARLERAI PLUS.
ON NE SE REVERRA PLUS JAMAIS.
MAIS...
ALORS ?
C'EST DU CHANTAGE !
COMMENT VEUX-TU QUE JE...
TU NE VEUX PAS ?
...
NON...

JE VAIS T'EMBRAS-SER !
BOUM
POUR-QUOI ? PAS AVEC LUI, IMPOS-SIBLE !
HA !
SHIIIII
JE SAIS QUE TU AS LE CŒUR QUI BAT !
BOUM

TU NE VAS QUAND MÊME PAS PARLER DE DESTIN AVEC UN TYPE QUE TU NE CONNAIS MÊME PAS ?
ET POURQUOI EST-CE QUE TU LUI AS DIT MERCI ?
JE PENSAIS ATTENDRE DE DEVENIR LYCÉEN, MAIS...
TANT PIS !
POM
QUE ...
ZUT, JE NE PEUX PLUS RECULER...
J'AI TROP PEUR QUE TU PARTES AVEC LE PREMIER TYPE UN PEU GENTIL...
BAM

HEIN
... ?
JE VEUX
DIRE
QUE JE
T'AIME !
Holines
sacred
and inviol

NON ?
SI...
REI EST COMME D'HABITUDE...
POURQUOI EST-CE QUE JE M'EMBALLE POUR UN RIEN ?
SACHE UNE CHOSE...
SI JE SUIS JALOUX...
CE N'EST PAS COMME UN " PETIT FRÈRE ".

HIII...
J'AI MOINS DE FORCE QU'AVANT ...
GLOUP
HIII HIII...
REGARDE, AN !
C'EST SUPER BEAU !!!

IL... IL FAIT CHAUD AUJOURD'HUI, HEIN ?
JE N'ARRÊTE PAS DE TRANSPIRER...
HA HA...
あはー
あははは!!
HA HA HA HA HA !
PRENONS LES DE-VANTS...
...
JE GLISSE !!
GRIMPE TES FESSES...
N... NO!!
BESOIN D'AIDE ?
ON EST ARRIVÉS !

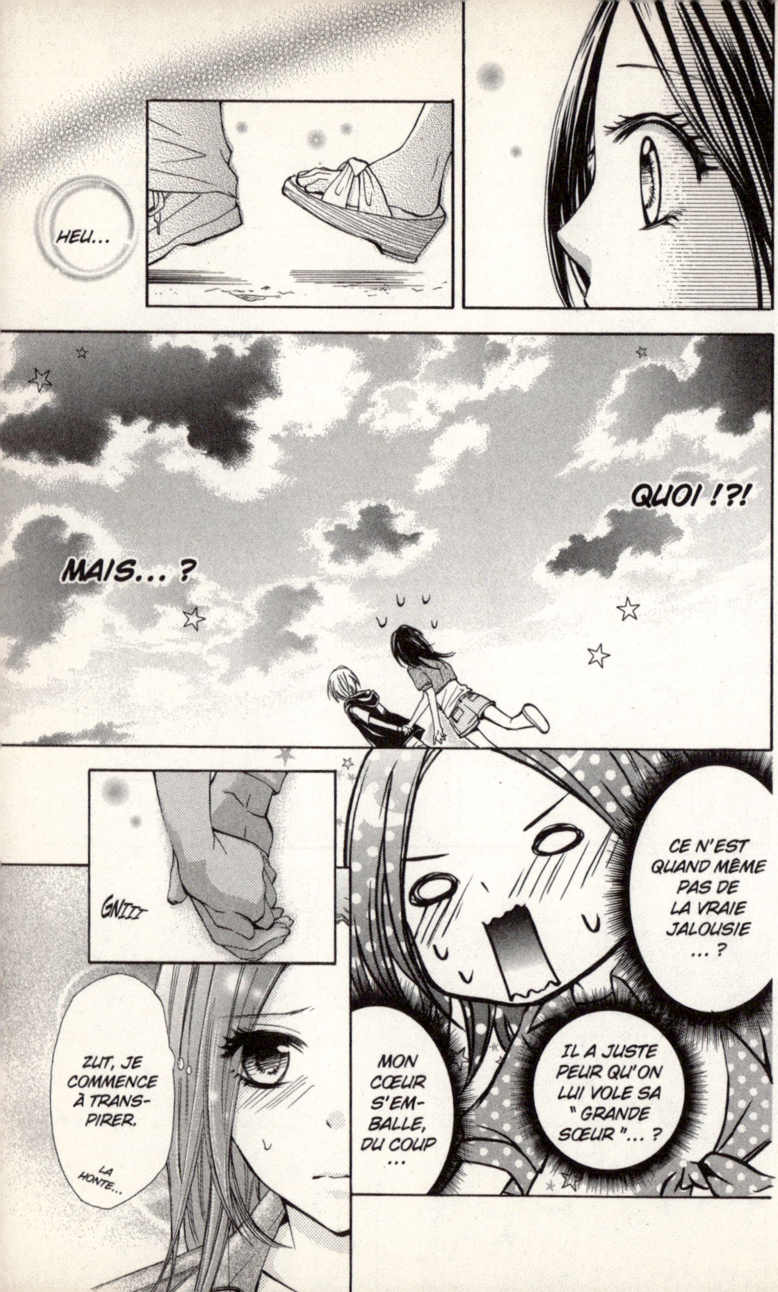
HEU...
QUOI !?!
MAIS... ?
CE N'EST QUAND MÊME PAS DE LA VRAIE JALOUSIE... ?
IL A JUSTE PEUR QU'ON LUI VOLE SA " GRANDE SŒUR "... ?
GNIII
MON CŒUR S'EMBALLE, DU COUP...
ZUT, JE COMMENCE À TRANSPIRER.
LA HONTE...

IN-CROYABLE !
J'AI FAIT COMME TU M'AS DIT, J'AI JUSTE SOURI !
EN PLUS, IL A MON ÂGE !
C'EST PEUT-ÊTRE UN SIGNE !?!
DIS, TU M'ÉCOU-TES ?
TU ES EN COLÈRE OU QUOI ?
HAHAAAA !
ははーん
HA, NE ME DIS PAS...
QUE TU ES JALOUX ?
HA HA !
SI.

REI !
ON Y VA...
HEU...
J'AR-RIVE...
SHIII
HEU ...
MERCI !

TU TE SOUVIENS DE MOI ?
WHAAAA...
TU AS PRIS MA COMMANDE.
QUE... OUI, JE M'EN RAPPELLE...
UNE PLAINTE !?!
QUELQUE CHOSE NE T'A PAS CONVENU !?!
PFU...
PAS DU TOUT...
C'EST DE LA DRAGUE !
HA, ÇA ME RASSURE...
DE LA DRAGUE !?!
QUI...
QUI ÇA !?!
TU ES LA SEULE ICI, NON ?
TROP DRÔLE !
MAIS...
J'HALLUCINE !!! HEU... HEU...
JE SUIS EN 2E ANNÉE AU LYCÉE. ET TOI ?
MOI AUSSI !
EN PLUS IL A MON ÂGE !
SI ÇA SE TROUVE, C'EST UN SIGNE DU DESTIN !!!
BOUM BOUM BOUM
TU NE VOUDRAIS PAS ME DONNER TON ADRESSE MAIL... ?
AN !

DÉSOLÉE, JE DOIS RETROUVER REI.
HA BON ?
ALORS BONNE CHANCE !
MERCI ...
DE QUOI ?
DIS !
OÙ EST-IL PASSÉ ?
TU TRAVAILLES BIEN À KURAGEYA, NON ?
OUI...

REI SE DÉBROUILLE PLUTÔT BIEN...
ELLE EST MIGNONNE, NON ?
OUI...
SHAAAA
AN, TU VEUX QU'ON AILLE SE BALADER AVANT DE RENTRER ?
La boutiqu
est fermée p
aujourd'hu
Kurageya

JE VAIS VOUS CHERCHER CELA TOUT DE SUITE !

PASSEZ UN BON MOMENT !
GNiii
MOI AUSSI...
ON PEUT RECOMMANDER AUTRE CHOSE ?
TOUT... TOUT SE PASSE BIEN.... ?
BIEN SÛR, JE VOUS ÉCOUTE !
OUAIS...
GÉNIAL !
COCA
J'AI RÉUSSI !!!

IL EST SEULEMENT ATTENDRISSANT, C'EST UN AMI D'ENFANCE.
BAH, SI TU VEUX.
OUAIS !!!
HA HA HA !
TOC
VOTRE COMMANDE.
PA...
PA...
PA...
ALLEZ...
GO !!!
TU N'AVAIS PEUR DE RIEN, AVANT !
GHHH

DIS, TU TE SOUVIENS DE NOTRE BASE SECRÈTE ?
LE ROCHER OÙ ON ALLAIT SOUVENT...
HEIN ? OUI...
ON POURRAIT Y ALLER APRÈS LE BOULOT ?
BIN...
PAS TROP ENVIE...
ALLEZ, ATTENDS-MOI !
IL A ENCORE BESOIN D'ATTENTION...
NON MANAMI...
REI NE PEUT PAS DEVENIR MON PETIT AMI.

TU N'AS QU'À T'IMAGINER...
QUE TU PARLES À UNE CITROUILLE OU AVEC MOI !
QUOI !?!
TU TE PRENDS POUR UNE CITROUILLE ?
BAH, OK POUR CETTE FOIS !
HEIN, MIKAN ?
HA HA !
POM
ALLEZ !
TU AS RAISON...
AVANT, JE N'AVAIS PEUR DE RIEN !
MERCI, JE VAIS ME RESSAISIR !

POURQUOI EST-CE QUE LES GARÇONS T'IMPRESSIONNENT, MAINTENANT ?
HEU...
EN FAIT...
3e ANNÉE AU COLLÈGE.
AN.
LES GARÇONS ! LE MÉNAGE NE VA PAS SE FAIRE TOUT SEUL !!!
DÉGAGE !
チッ!!
LA FERME, LA BINOCLARDE !!!
DU COUP, JE LES AI UN PEU IDÉALISÉS...
JUSQU'À EN AVOIR PEUR.
HA HA HA !
QU'EST-CE QUE C'EST QUE CETTE HISTOIRE !?!

JE VOIS...
CE N'EST PAS TOUT-À-FAIT ÇA, JE CROIS !
HA HA HA !
TU ES BIEN PLUS JOLIE QUAND TU SOURIS.
HEIN ?
QUAND J'ÉTAIS PETIT...
ON ME CHERCHAIT BEAUCOUP D'EMBROUILLES PARCE QUE J'AVAIS UN VISAGE DE FILLE.
C'ÉTAIT TOUJOURS TOI QUI ME VENAIS EN AIDE, TU ÉTAIS SUPER FORTE.
JE TE TROUVAIS GÉNIALE...

TU ES JALOUSE ?
PAS DU TOUT !!!
GNIII
D'AILLEURS, ON A LE DROIT DE TRAVAILLER, AU COLLÈGE ?
CLANG
CE SONT DES PARENTS ÉLOIGNÉS.
HEIN ?
BLOM
JE LES AIDE TOUS LES ANS !
LES CLIENTES SONT TOUJOURS LES MÊMES...
ET ME DISENT SOUVENT QU'ELLES ONT HÂTE QUE JE GRANDISSE !
PAS FACILE À VIVRE, LE SUCCÈS !
MIKAN !
HEIN ?

GLOUP
BIEN SÛR QUE SI !
REI !?!
TU M'AS FAIT PEUR !
TU AURAIS PU M'ATTENDRE, NON ?
HEIN ?
TU AVAIS L'AIR BIEN OCCUPÉ...
TAP TAP TAP
ÉGOÏSTE !
HEIN ?
C'EST QUE...
LES FILLES SEMBLAIENT VOULOIR DISCUTER AVEC TOI, ALORS...
JE NE VOULAIS PAS VOUS DÉRANGER.

MIKAN !
C'EST L'HEURE DE MANGER !
PLAF PLAF
DIS, TU CROIS...
QUE C'EST GRAVE DE NE PAS ARRIVER À PARLER AUX GARÇONS ?
J'AI REVU REI, AUJOURD'HUI.
TU L'ADORAIS AUTREFOIS, TU T'EN SOUVIENS ?
IL EST DEVENU DOUÉ AVEC LES FILLES...
MOI PAR CONTRE, JE N'AI PAS CHANGÉ.
JE VEUX UN COPAIN, MOI !
ÇA CRAINT...
CRONCH CRONCH

BONJOUR À TOUS CEUX QUE JE CONNAIS ET AUX NOUVEAUX !

UN GRAND MERCI À VOUS D'AVOIR ACHETÉ " NE ME REPOUSSE PAS " ! ÇA FAISAIT LONGTEMPS QUE JE N'AVAIS PAS CHOISI UN TITRE AUSSI LONG !

LE PETIT JEU DE TOUTES MES SÉRIES EST TOUJOURS D'ACTUALITÉ, VOUS POUVEZ CHERCHER LA FEUILLE QUI APPARAÎT UNE FOIS DANS CHAQUE CHAPITRE. D'AILLEURS JE L'AI OUBLIÉE UN COUP, ET C'EST LE SERVICE DE RÉDACTION QUI ME L'A FAIT REMARQUER. J'AI PU LA REMETTRE IN EXTREMIS ! C'ÉTAIT MOINS UNE ! PAS FACILE DE CHERCHER QUELQUE CHOSE QUI N'EXISTE PAS, HEUREUSEMENT QU'ILS ONT ÉTÉ VIGILANTS !

DANS LE CHAPITRE 2 ELLE EST UN PEU TROP PETITE, ALORS J'AI CHANGÉ SA POSITION QUAND ON A REMIS LES PARTIES EN COMICS. POUR CEUX QUI L'AVAIENT TROUVÉE, VOUS POUVEZ DU COUP RECHERCHER ENCORE UNE FOIS ! DANS LE MAGAZINE, ELLE ÉTAIT SUR LE GRILL AVEC LES BOULETTES DE POULPE...

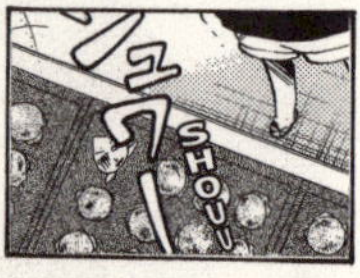

VOUS TROUVEREZ ÉGALEMENT " 7CM " ET LES AUTRES, JE VOUS LAISSE VOUS AMUSER !

JE VEUX UN GARÇON DE MON ÂGE, MOI !
ON POURRAIT ALLER À L'ÉCOLE ENSEMBLE, RÉVISER NOS CONTRÔLES…
C'EST ÇA…
ON DIRAIT UN TOUTOU !
CARTE KURAGEYA
CARTE KURAGEYA
VOILÀ POURQUOI TU N'AS JAMAIS EU DE COPAIN.
CLOUP
GHH !!!
TU NE SAIS MÊME PAS PARLER AVEC LES MECS.
HOUU…
CARTE KURAGEYA
SHLAC
TU POURRAIS PEUT-ÊTRE DEMANDER À REI DE T'ENTRAÎNER ?
M'ENTRAÎNER ?
REMARQUE VU LE SUCCÈS QU'IL A, ÇA M'ÉTONNERAIT QU'IL SOIT CÉLIBATAIRE.
REI, AVEC UNE FILLE… ?

QUOI !?
TU VEUX LE FAIRE RENTRER DANS TON ÉLEVAGE !?!
LAISSE TOMBER, PAS LUI !
Mes jolis petits moutons...
Allez, au travail !
JE NE VAIS QUAND MÊME PAS TOUCHER UN COLLÉGIEN ...
JE NE SUIS PAS UN MONSTRE !
PAR CONTRE, POURQUOI PAS TOI ?
PSYCHOLOGIQUEMENT, VOUS AVEZ LE MÊME ÂGE !
QUOI ?
VOICI VOTRE COMMANDE !
EN PLUS, VOUS VOUS CONNAISSEZ DEPUIS LONGTEMPS, OÙ EST LE PROBLÈME ?
PARDON !?!
MAIS REI EST... AU COLLÈGE...
TU M'AS APPELÉ ?
WOUAH !!!
RIEN, TOUT VA BIEN !
TIENS, LES BOULETTES DE POULPE SONT PRÊTES !
?
HA ! HA ! HA !
SÛREMENT PAS LUI !!!
GLACE PILÉE FRAISE, BLUE HAWAÏ, MELON
NOUILLES SAUTÉES 400 YENS
BOULETTES

WHAA...
REI !
REI !
GHHHH
VOICI ...
ELLE NE NOUS REGARDE MÊME PAS ?
QUELLE NOSTALGIE !
MORIYAMA REIICHI...
EST UN AMI D'ENFANCE, DEUX ANS PLUS JEUNE.
BON APPÉTIT !
DOMMAGE, IL EST POURTANT BEAU...
DE QUOI ?
SHAAA
IL N'EST QU'AU COLLÈGE !
UN AN DE PLUS ET J'AURAIS TENTÉ MA CHANCE.
TANT PIS...

QUE...
HOO... PAS MAL !
NON... REI !?!
HO !
MAIS... TU ÉTAIS BEAUCOUP PLUS PETIT !
IL S'EST PASSÉ PLUSIEURS ANNÉES DEPUIS !
TOI PAR CONTRE, TU ÉTAIS AUSSI MALADROITE ?
JE... JE N'AI PAS FAIT EXPRÈS !!!
DITES, LES DEUX ! AU BOULOT !

QUI...
むに GNiiii
NE T'AFFOLE PAS COMME ÇA !
C'EST QUI, CE TYPE ?
!?
IL EST SUPER FAMILIER !!!
REI, VIENS NOUS AIDER !
J'AR-RIVE !
HUM... REI ?
J'AI DÉJÀ ENTENDU CE NOM...
VENEZ TOUS PAR ICI !
VOICI VOTRE NOUVEAU CAMARADE ...
MORIYAMA REIICHI.
EN-CHANTÉ ! JE SUIS EN 3E ANNÉE AU COLLÈGE.

WOUAH, IL
EST SUPER
MIGNON...

TENEZ, CES FÈVES SONT OFFERTES PAR LA MAISON.
ENCORE DÉSOLÉS POUR TOUT CECI.
NOUS VOUS APPORTONS UNE NOUVELLE BOISSON TOUT DE SUITE.
BAH, DE TOUTE FAÇON, JE SUIS EN MAILLOT DE BAIN...
QUI...
QUI EST-CE ?

HEM...
SHiiiiii
ELLE A TRÉBUCHÉ.
NON MAIS ÇA NE VA PAS !?!
HIIII ! JE SUIS DÉSOLÉE !!!
QUELLE IDIOTE !!!
HEU... UNE SERVIETTE !?! C'EST ÇA, UNE SERVIETTE !!!
NON, PLUTÔT UNE AUTRE BOISSON ?
DEUX NOUILLES SAUTÉES, S'IL VOUS PLAÎT !
PEUT-ÊTRE DES NOUILLES SAUTÉES ?
QU'EST-CE QUE JE DOIS FAIRE !?!
NOUS SOMMES VRAIMENT NAVRÉS.

ÇA VOUS DIT DE VOUS AMUSER AVEC NOUS ?
え— HEIN ?
LA CHANCE...
J'AURAIS VOULU ÊTRE ACCAPARÉE PAR L'AMOUR...
ALORS SI TU ES LIBRE, VIENS BOSSER !
TAP TAP TAP TAP TAP
AN, AMÈNE LES BOISSONS À LA TABLE 3 !
BIEN !
SNIF
C'EST AINSI QUE MON ÉTÉ...
FUT COMBLÉ PAR MON BOULOT ET MES COURS DE RATTRAPAGE.
ENFIN...
PLAAAATCH
PRESQUE...

LE PROBLÈME...
UROOOOH
FAIT CHAUD...
C'EST FRAIS...
JE VEUX BIEN M'EN OCCUPER TOUT LE TEMPS !
MOI AUSSI, JE T'ASSURE...
SHAA
SHAA
POUIC
POUIC
JE NE ME SOUVENAIS PAS QU'ON ÉTAIT AUSSI OCCUPÉS À CETTE PÉRIODE.
ON MANQUE DE PERSONNEL...
HEIN ?
C'EST VRAI !?!
HA HA ! J'AI UNE BONNE NOUVELLE !
ON VA AVOIR UN ÉQUIPIER DE PLUS !
C'EST QUE NON SEULEMENT JE NE FAIS PAS DE CONNAISSANCE, MAIS PERSONNE NE ME DRAGUE !!!
TOC
VOICI VOTRE GLACE PILÉE.
SHI...
BON APPÉTIT.
BOUM
DES GARÇONS... QUEL STRESS !!!
JE N'AI PAS OSÉ LES REGARDER...
BOUM
GHHH...
ON SENT LE GAZ ... ?

SHAAA
HA HA HA !
JE VOULAIS FAIRE DES RENCONTRES ET PASSER LE TEMPS, ALORS...
CABANON KURAGEYA
GLACE
ざわ SHAA
ざわ SHAA
AN !
UNE GLACE PILÉE !
À LA FRAISE !
TOUT DE SUITE !
ENFIN, DE LA GLACE !!!
MOI, ANZU HASE-GAWA...
J'AI DÉCIDÉ DE BOSSER AU BORD DE LA MER.
CRI...

TOUT EST ARRIVÉ L'ÉTÉ DE MA 2E ANNÉE AU LYCÉE.
JE ME SUIS PRISE DANS LES FILETS D'UN PETIT DÉMON.

FREEDOM
He is putty in her hands.

Chapitre 1

FIFT

Ne me Repousse pas !
1
Kana NANAJIMA